AF313019

NOUVELLES SATIRES GALANTES.

DV SIEVR ****

A PARIS;

Chez JEAN VILETTE, place de
Sorbonne, prés le College
de Cluni.

M. DC. LXXIX.

Avec Permission.

SATYRE PREMIERE.

VOy-tu ce qui s'éleve au fond de cette salle
Destinée aux plaisirs , que nôtre Scene étalle
Ce theatre fameux ou l'art à fait cent fois
Au milieu de Paris , revivre mille Roys.
Là malgré le destin, & la fureur des Parques
On tire des tombeaux ces superbes Monarques,
Dont les fameux revers , nouveaux apres mille ans
Viennent instruire encore les Monarques vivans.
Ces grandes veritez , aux Princes inconnuës
Là malgré les flateurs , se montrent toutes nuës.
C'est la qu'Iphigenie avec ses tendres pleurs
Attire si souvent des flots de Spectateurs.
Phedre la tous les jours coupable , & malheureuse,
Voyant avec horreur sa flâme incestueuse,
Tient parmi ses forfaits , & ses maux confondus
De tous les spectateurs , les Esprits suspendus.
La pitié tour à tour y succede à la haine,
Chacun y hait son crime , & chacun plaint sa peine
C'est là que cents Auteurs cents Poëtes épars
Pour se faire admirer viennent de toutes parts,
Et tous les Courtisans de la Muse tragique,
Se flattent en secret d'avoir la voix publique.
Ils pensent qu'aujourd'huy la France voit en eux

Ce qu'Athenes trouva, dans ces Grecs ſi fameux.
Mais pouſſez d'une ardeur,peut-être un peu trop prôpte,
En couranr à la gloire , ils rencontrent la honte.
Les premiers rangs ſur tout paroiſſants à remplir,
Des Poëtes nouveaux echauffent le deſir,
Corneille , dont les vers conſacrent la memoire,
Par le ſort des mortels,vieillit malgré ſa gloire.
Et Racine occupé par un plus noble employ
Fait rougir ſes Heros par l'hiſtoire du Roy.
Combien de froids Autheurs ſe guindans au Parnaſſe,
Prétendent follement remplir bien-tôt leurs places.
De leur Maître Ariſtote ignorans les leçons,
Et des ſçavantes Sœurs à peine nourriſſons.
Comme un guide infaillible ils ſuivent leur caprice,
Et ſans avoir préveu la fin de l'édifice.
Sansren avoir tracé le moindre appartement,
Ces Artiſans nouveaux jettent le fondement.
Et pouſſants juſqu'au bout l'orgueil , qui les abuſe
Elevent dans les airs une maſſe confuſe.
Ou le marbre & le plâtre, ou l'or avec le bois
Sont employez par tout, & ſans ordre , & ſans choix
Mais puiſque je me trouve en humeur de reprendre.
Quittons la Methaphore, & faiſons-nous entendre
Je pourrois cependant ne pas plaire à chacun,
Le Cenſeur le plus doux eſt toûjours importun.
Un Poëte applaudi , dans toutes les ruelles,
Ou chacun à loüé ſes moindres bagatelles,
Quelque fier qu'il paroiſſe en un avant propos,
Craint peut-être devoir deſabuſer les ſots.
Où toûjours aveuglé par un orgueil extréme,
Craint plûtôt de ſe voir deſabuſer luy-même.

Son ouvrage est par tout l'Idole de son cœur,
Ce n'est qu'avec dépit qu'il connoît son erreur.
Mais moy ? par quel orgueil me laisse-je seduire,
Voyez! l'homme important, pour se mêler d'instrui
Ils n'écriront donc plus, sans m'avoir consulté,
Hé! bon Dieu! qu'ils riront de ma simplicité.
Et bien à ce plaisir que leur cœur se prepare,
Je vais tout attaquer, Romains, Grecs, & Tartai
Mais non sans irriter tant de foibles esprits,
Auteur qui que tu sois c'est pour toy que j'écris.
Quel prix, & quel plaisir, aurois tu de tes peines;
Si Paris par tes soins ptenoit le goût d'Athenes.
A quiconque osera tenter ce beau destin,
Euripide & Sophocle ont montré le chemin.
Mais à ce grand dessein, si ton esprit s'applique,
Tâche de te former ce stile Pathetique.
Qui de l'un, & de l'autre animoit les écrits,
Qui penetroit les cœurs, & charmoit les esprits,
Suis, pour y parvenir, pas à pas la nature,
N'épargne à ton esprit, ny peine, ny torture.
Afin qu'un incident en son lieu préparé,
Qui semble au spectateur un Mystere sacré,
Luy cachant avec art sa future abondance,
D'une riche moisson soit l'heureuse semence.
Et que par tout cét art, dont tu dois te servir,
Sans se faire chercher, semble toûjours s'offrir.
Que jamais un Acteur ne paroisse inutile,
Sur tout que chaque Scene, en nouveauté fertile,
Par d'inconnus détours arrive à ton sujet.
(Au peuple, aux Grands, à tous la diversité plaît,)
Mais voulant l'éguayer, ne le perds pas de veuë,

Que l'ame en cent endroits , avec adreſſe émeuë,
Tantôt par la pitié , tantôt par la terreur,
Ait un ſecret plaiſir à ſentir ſa douleur.
Et pour mieux la toucher , expoſe ſur la Scene
L'amour , l'ambition , la colere , la haine.
Car ne crois pas au Sexe aller faire ta Cour,
Diſant que du Theatre on a banni l'amour;
Et ſur ſes ſentimens t'élevant un Trophée,
Me livrer en ſes mains comme un nouvel Orphée.
Quoi qu'un ſçavant Auteur ait oſé ſoûtenir
Qu'à l'éxemple des Grecs nous pouvons le bannir,
Dans les plus beaux ſujets l'amour peut trouver place,
Je ne veux point y voir un Heros tout de glace.
Ce Tyran de nos cœurs , peut troubler ſon repos.
Un Heros peut aimer ; mais ! qu'il aime en Heros.
Quant l'amour aux grands Rois inſpire la tendreſſe.
Dans ces Maîtres du monde , il pert de ſa foibleſſe.
Leur gloire doit toûjours être ſon fondement.
L'amour ny doit ſervir que d'aſſaiſonnement.
Mais le beau ſexe en veut , il en eſt idolâtre,
Et fait les grands ſuccés des pieces de Theatre.
On doit le ménager quand on devient Autheur.
Ainſi donc tu nourris une groſſiere erreur;
Car la femme , crois moy , ſouvent la plus coquette,
Dans le ſecret dépit , ou ton Heros la jette.
Elle qui reçoit tout avec empreſſement,
Ne le ſouffriroit pas peut-être pour Amant.
Le ſiecle ne veut plus cette tendreſſe fade.
On aime ſans ſoûpirs , & ſans être malade.
Le parterre ennuyé , d'une ſotte langueur,
Aux plus tendres endroits , rit au nez de l'Acteur.

Qu'elle honte de voir les Maîtres de la Terre,
Nourris dés leur enfance aux horreurs de la guerre,
En tout lieux chaque jour, faisans des malheureux,
Devenus maintenant languissants Amoureux.
Ces farouches Guerriers, si connus dans l'Histoire,
Qui ne connoissoient point, d'autre Dieu que la gloire,
N'en reconnoissent plus, maintenant que l'amour.
Quel plaisir de les voir soûpirer à leur tour,
De leur voir exprimer cette ardeur, qui les presse,
Et de justifier par eux nôtre foiblesse.
Quel hóneur, qu'un Marchãd, ou qu'ũ simple Bourgeois
Suive dans son amour l'Exemple de ces Ro˙s.
Et dans le fond du cœur se réponde à luy-méme
Ces grands hõmes aimoient, je fais cõme eux, & l'aime.
Si l'amour quelquefois m'enleve à mon comptoir,
Comme moy ces Heros oublioient leur devoir.
Voila comme on fait voir ces Heros sur la Scene,
Où toûjours leur amour m'inspire de la haine.
Ou j'ay honte de voir, que cent faits glorieux,
N'ont fait d'un Conquerant qu'un jaloux furieux.
Ie ne dis rien des mœurs sans raison violées,
Histoire, & bienseance, au caprice immolées.
Mais puis-je pour finir ce fâcheux entretien,
Voir sans quelque colere un Empereur Chrêtien,
Vaincu par cét amour, qui vient de le surprendre,
Du grand Turc en nos jours vouloir être le gendre.
Tous ces Heros enfin, qui nous sont si connus,
I'ay beau les regarder, je ne les connois plus.
Leur nom cent fois en vain vient frapper mon oreille
Ies yeux toûjours ouverts, je doute si je veille.
Sous leur veste fourrée, & leur large Turban,

J'entrevois des Pendars, qu'il faut mettre au carcan.
Mais le Peuple, dis-tu, les voit, & les admire,
Et quoique par envie invente la Satire,
Il se pâme au recit des tendres sentimens,
Et ne sçait point entrer dans ces raffinemens,
Il est charmé sur tout d'une intrigue brillante,
Où presque à chaque pas, un miracle l'enchante,
Où tout est embroüillé d'incidents merveilleux,
Où l'on trompe son cœur, en fascinant ses yeux.
Sa raison ne va pas jusqu'à la vray-semblance,
Le Peuple, j'en conviens, nourri dans l'ignorance,
Ne fait des beaux endroits aucun discernement,
Et l'on ne peut combattre un si fort argumen.
Va donc par tes écrits charmer la populace
Mais ? n'espere jamais approcher du Parnasse,
Eloigne-toy plûtôt, de ces Augustes lieux,
Et ne prophane pas le langage des Dieux.
Si du peuple ignorant tu cherches le suffrage,
Si tes vœux satisfaits de cét ample partage,
Demande pour tout prix, ses applaudissemens.
Fais des farces, ou fais d'agreables Romans.
Là des tems & des lieux forçant tous les obstacles,
Tu pourras à ton gré lui forger des miracles,
Ou prenant quelque trait de l'Illustre Bascon,
Dans tous tes quolibets faire admirer Poisson.
Mais par un attentat injuste, & tirannique,
Abbaisser jusqu'au peuple une Muse tragique.
Vouloir assujettir la Maîtresse des Rois,
Comme une vile esclave à mendier sa voix.
Ah ! ne forme jamais cette indigne pensée,
Fais plûtôt, renonçant à ton erreur passée,

Que ce Peuple élevé jufqu'à fa gravité,
Puiffe des plus beaux vers fentir la majefté.
Voilà mes fentimens touchant la tragedie,
Appelle les erreur, préfomption, manie.
Dis que c'eft le venin d'un Ecrivain jaloux,
Fais du bruit, je devray ma gloire à ton courroux.
Plus il fera boüillant, plus on la verra croître;
Mais! quel courroux mes vers pourroiét-ils faire naître
Je foupçonne à tort d'un fol emportement,
Pourrois-tu du public craindre le jugement.
Toy dont les carrefours, déja dans tant d'affiches
Ont veu le nom enflé d'Epithefes fi riches.
Ce Public dont tu vas folliciter la voix,
Par tes tendres écrits, enchantez tant de fois,
Peut-il t'être fufpeét, quand nous entrons en lice,
Voy? qui doit de nous deux, en craindre l'injuftice,
Sans brigue cependant, témeraire, Inconnu,
J'accepte pour arbitre un Juge prévenu.
Mais qu'entre nous fur tout, ce grand Juge décide,
Quand tu prétends ternir la gloire d'Euripide,
Quand tu veux nous donner un ouvrage achevé,
Si ton heureux genie, eft affez êlevé.
Des tragiques icy, c'eft la pierre de touche,
Quand un mot d'un Aéteur femble êlargir la bouche,
Un Poëte abufé par ce bruit decevant,
Croit qu'un foufle celefte eft caché dans ce vent;
Il penfe alors fentir cette fureur divine,
Qui diftingue de nous des Preaux, & Racine,
Et fier d'avoir confu, trois ou quatres grands mots,
Croit d'avoir dignement foûtenu fes Heros.
Ah! ne t'y trompes pas, ces paroles pompeufes,

Que tu crois par le son être mysterieuses,
Semblables aux torrents, dont le rapide cours
Par le choc de cailloux semble nous rendre sourds,
De leur bruit importun fatiguent nos oreilles,
Et c'est-là bien souvent tout le fruit de tes veilles.
Pour marquer des grands cœurs, les nobles mouvemés,
Il faut à des grands mots, des plus grands sentimens,
Il faut, c'est déja trop entendre une Satire,
Ce que tu ne sens pas, & que je ne puis dire.

SATIRE SECONDE.

L'Affaire est resoluë, enfin je me marie,
Ma Nopce est à demain, Doranthe, & je t'y prie
Bergerac m'a promis de faire un bon repas.
Tu peux compter sur moi, je n'y manquerai pas,
Mais parlons franchement sur le choix d'une épouse,
La tienne sera-t'elle, ou coquette ou jalouse?
Car ces differents traits doivent regler ce sort,
Et dés demain (fremis) c'est jusques à la mort.
De tous ces maux affreux, qu'une parole enferme,
Son trépas ou le tien doit être le seul terme.
Bon Dieu tous tes Conseils, ne sont plus de saison,
Et souvent l'on radote avec trop de raison.
Mon Hymen est conclu, l'appareil s'en appreste,
Et demain si tu veux tu seras à la teste.
Nous t'y verrons : adieu, pour tes raisonnemens,
Tu peux, si tu m'en crois, choisir un autre temps.
De mille soins désja ma teste embarrassée,
Tournant ailleurs mes pas, occupe ma pensée.
A ces mots il me quitte, & moi sur son erreur,

Je sens que le dépit se joint à ma douleur,
En ce même moment, je le plains, & le blâme:
Va disje, te courber sous le joug d'une femme,
Malheureux ! De l'abîme, où tu vas te jetter?
Ma sincere amitié tâchoit de t'écarter.
Mais sourd à mes avis , & suivant ton caprice,
A pas précipitez tu cours au precipice:
Et parmy les malheurs, où tu vas t'engager,
Tu ne prendras que trop , le soin de me vanger,
Accablé du soucy , qui suit le Mariage,
Je te verrai, le Ciel détourne ce présage,
De tes ennuis en vain cherchant la guérison ,
Fuir toûjours avec soin, ta femme & ta maison.
Mais enfin ton Hymen n'est pas sans quelque excuse,
Et c'est peut-être moi , qui sur ce point m'abuse.
Mon bizarre chagrin veut tout empoisonner,
Et sans t'avoir ouy je t'allois condamner.
Ie me retracte donc , quoique cette methode,
Par mille jugemens soit assez à la mode,
Et sans prévention , je prétends en ce jour
Me dire tes raisons, & répondre à mon tour,
Seul heritier d'un nom , si connu dans l'Histoire,
Tu dois de tes ayeux perpetuer la gloire ,
Et si ce beau desir n'avoit sçû te toucher,
Leurs Manes indignés viendroient te reprocher,
Que par ton Celibat leur memoire s'efface.
I'ay tort , & te voila le martyr de ta Race.
Immole tous tes jours à son eternité.
Mais ! de tant de Heros, ce grand nom herité,
Ce long amas de gloire & cette renommée,
Que par tout l'Univers leurs vertus ont semée ,

Ces nobles fentimens, que tu receus fi purs,
Vivront-ils dans tes fils jufques aux fiecles futurs.
Tite & Domitian avoient eu même pere,
Le dernier eut encore l'exemple de fon frere.
Tite fut adoré par le peuple Romain;
Son frere fut haï par tout le genre humain,
L'un en étoit l'horreur, l'autre en fut les delices.
De la Nature en eux regarde les caprices.
Mille exemples pareils pourroient fervir de loi,
Mais fans aller fi loin, ofe voir devant toi.
Voy pour tous les vivants, que de fujets de crainte
Quand tu vois pour les morts, tant de fujets de plainte
Car ces morts, ces Heros, ces Anceftres fameux,
Ne rougiroient-ils pas, s'ils voyoient leurs neveux,
Qui couvrans d'un grand nom leur infame licence,
Dementent chaque jour l'honneur de leur naiffance
Ceffe donc de brûler de cét ardent defir,
Qui voudroit empêcher ton grand nom de perir,
Peut-étre tes enfans plongez dans la molleffe,
En enfeveliroient l'éclat & la Nobleffe.
Mais j'aime, diras-tu, la femme que je prends.
Elle eft jeune, elle eft belle. Ah ! C'eft où je t'attends.
La beauté, la jeuneffe, eft un torrent qui paffe,
Le téps aux plus beaux traits, ne fçait point faire grace.
Les Rides, la maigreur font fes plus beaux prefens.
Il blanchit les cheveux, il décharne les dents.
Une femme a beau prendre une cotte de maille,
Le temps malgré fes foins lui voutera la taille.
Cét éclat furprenant, que tu vois dans fes yeux,
S'éteindra, quand les ans les rendront chaffieux.
Ils fecheront fes mains blanches, & potelées

Malgré tous ſes ſecrets, & les eaux diſtilées ;
Son teint verra ternir ſes roſes & ſes lis,
Le fard viendra d’abord en couvrir le débris.
Alors ta femme aura ſon teint dans ſa caſſette,
Ses dents & ſes cheveux pliez dans ſa toilette.
Mais ! car de ces dégoûts, c’eſt trop t’entretenir,
Ce fard, ce fard enfin ne pourra plus tenir
Sur ſa jouë avalée, & ſon teint olivaſtre,
Tu verras diſtiller la ceruſe & le plaſtre,
A chaque mot alors ſon nez ſe retreſſit :
Les vallets, les enfans ſouffrent de ſon dépit.
Son miroüer qui jadis la faiſoit voir ſi belle,
Parce qu’elle a changé, n’eſt plus qu’un infidèle.
Elle s’en prend à tout dans ſa folle douleur,
Par ce petit détail juge de ton bonheur.
Dans ces temps fortunez, quel plaiſir ? quelle joye ?
Tous les jours au chagrin, tu la verras en proye.
Et parce qu’elle void éclipſer ſes Amants,
Elle ſe prend à toy de l’injure des ans.
Parle à quelqu’autre alors, & cette chere épouſe
Furieuſe, irritée, impudente, jalouſe,
De reproches ſanglants oſera t’accabler.
La nuit dans ton ſommeil tu te verras troubler.
Tu n’oſerois enfin parler d’une autre femme.
Que d’abord ſoupçonné d’une ſecrette flame,
Tu n’allumes encore trop ſa jalouſe fureur.
Tous tes voiſins ſeront touchez de ton malheur,
Ils verront dans ta femme une horrible Megere ;
Et tu n’oſeras faire une plainte legere.
Au milieu de ces cris & de ces grands éclats,
Ayant une furie attachée à tes pas,

Et contraint chaque jour d'essuyer mille injures,
Il faudra dans ton cœur étouffer tes murmures ;
Et mâchant doucement ton écume & ton frein,
Montrer dans tes malheurs un visage serain.
Car si tu vas ceder aux transports de ta bile,
Tu deviendras bien-tôt la fable de la ville.
Mais je t'entends désja, pendant ses jeunes ans,
Je joüirai (dis-tu) de son heureux printemps.
Il est vray, chaque jour tu trouveras des Roses,
En tous lieux , sous tes pas , nouvellement écloses,
Ces premiers ans pour toi fertiles en plaisirs,
Couleront doucement au gré de tes desirs.
Pauvre fou , de tes sens as tu perdu l'usage?
Tes oreilles, tes yeux , n'ont pû te rendre sage.
Tant d'exemples offerts , n'auroient sçû t'avertir ,
Que le plus doux hymen traîne un prompt repentir,
Ces traits si reguliers, cette beauté , ces charmes,
Te coûteront bien-tôt de cuisantes alarmes.
Ta maison des Galants sera le rendez-vous,
Combien d'affreux dépits , & de soupçons jaloux,
Quand le blondin brûlant d'une amoureuse flâme,
Viendra tous les matins au lever de Madame.
Le grand Jeu , l'Opera , le promenoir , le cours,
Le Bal , la Comedie occuperont ses jours.
Elle ne pensera qu'à la magnificence,
Le soin de sa beauté, son luxe , sa dépense
Epuiseroient bien-tôt les thresors de Cresus.
Tu verras ces malheurs interdit, & confus.
Mais par un plus grand mal, à qui tout autre cede,
Tu verras tous ces maux sans espoir de remede.
Car si tu veux regler ses mœurs , & ta maison ,

Tu n'éviteras pas, le fer ou le poison.
Si tu ne veux sur toi voir tomber sa vengeance,
Ne discerne jamais sa fausse complaisance,
Ne voi point au travers, son infidelité,
Autrement attens tout, d'un esprit irrité.
Crains tantôt sa fureur, tantôt ses artifices.
Voila de ton hymen les charmantes delices,
Voila l'heureux printemps, que tu t'étois promis,
A ce recit pourtant, je vois que tu fremis.
Et ce n'est (malheureux) qu'une legere Image,
Du desordre eternel, qui suit le mariage.
Mais je veux que le ciel par un rare bonheur,
En déployant sur toi l'excez de sa faveur,
Accorde à tes desirs une femme pudique,
Elle usera chez toi d'un pouvoir tyranique.
Et si son sentiment est jamais combatu,
Elle fera si haut sonner cette vertu,
Que cette vertu même, où tu crois tant de charmes,
Contre toi chaque jour lui fournira des armes.
Quoi donc ? si sa vertu, si sa pudicité,
Fait naitre son orgueil, & nourrit sa fierté ;
Si tu dois redouter jusqu'à son innocence,
De quel bonheur peux-tu flatter ton esperance?
Mais le bien de ta femme est ta grande raison,
Et tu veux soûtenir l'éclat de ta maison.
Sans ces biens que t'apporte une riche heritiere,
La gloire de ton nom ne seroit pas entiere ;
Et tu vois qu'aujourd'hui la Noblesse du Sang,
Cede à celle de l'or l'honneur du premier rang.
La Noblesse, il est vrai, sans les biens de fortune,
N'est qu'un pesant fardeau, qu'une charge importune
La pauvreté pour elle, est un triste cercueil,

Où l'on void tous les jours éteindre son orgueil.
Mais comment d'une femme arrêter l'insolence.
Si sa dot fait valoir l'éclat de ta naissance.
Elle t'accablera d'injurieux mépris,
(Peut-on s'imaginer du bonheur à ce prix?)
Et te reprochera, dans son humeur altiere,
Qu'elle t'a par son bien tiré de la poussiere.
Mais nous voyions chez toi rouler à pleines mains,
Ce precieux metal qui charme les humains,
Et ta Noblesse encor trop foible en sa naissance,
A besoin seulement d'une grande alliance.
Bon, parmy ses Ayeuls, ô Ciel, quel heureux choix
Ton illustre moitié pourra compter des Rois,
Et t'apportant en dot leur gloire ensevelie,
Mettra si haut le sang, à qui le tien s'allie,
Que te considerant comme un chetif Vassal,
Il faudra t'introduire en son lit Nuptial,
(Honneur auquel à peine on éleve un prophane)
Comme au lit du Sultan, doit entrer la Sultane.
Pendant que tes valets seront sourds à ta voix,
Ton Epouse à son gré dispensera ses loix ;
Et subissant toi-même un joug si tyrannique,
Tu seras seulement son premier domestique,
Ou si las de souffrir son pouvoir absolu,
Tu contredis jamais ce qu'elle a resolu,
En t'accablant alors des grands noms de sa race,
Son orgueil passera jusques à la menace.
Mais chez toi la naissance accompagne le bien,
Et comme Dieu tu peux faire beaucoup de rien.
Tu veux pour éviter tant de fâcheux présages,
Qu'une femme entre en part de tous tes avantages,

Qu'elle tienne de toi, biens, dignité, grandeur ?
Et que te regardant comme son bien-faicteur,
Son devoir soûtenu par sa reconnoissance,
Avec tant de faveurs force sa complaisance.
Tu te trompes encor, si par tant de bien-faits,
Tu pretends acquerir une solide paix.
Tes plus doux entretiens, tes plus tendres approches
Passeront dans son cœur, pour de sanglants reproches,
Et tout ce qui pourra lui montrer son devoir,
Nourrira son dépit, fera son desespoir.
Plus elle te devra, plus son ingratitude,
De tant de biens receus trouvera le joug rude,
Et s'irritant toûjours à ce seul souvenir,
Elle ne recherchera qu'à pouvoir t'en punir.
Quand ton rang à chacun la rend insupportable ?
Tu croi, que pour toi seul, elle sera traitable,
Et que se déchargeant ailleurs de tout son fiel,
Tu ne verras chez toi distiller que du miel.
Ah ! de ce sexe ingrat connois mieux l'arrogance,
Cét orgueil, qu'a produit ton bien, & ta naissance
Lui cachant le neant dont tu l'as pû tirer,
Par mille indignitez, te fera soûpirer.
Mais ce sera trop peu d'un tourment domestique,
Tu te verras chargé de la haine publique.
Châcun t'accusera dans son ressentiment
D'estre de tant d'orgueil, la cause, & l'instrumen
Et d'un nom specieux couvrant son injustice,
Fera tomber sur toi la moitié du supplice.
Pour ton hymen, enfin, tout choix est dangereux.
L'idiote, & la laide ont des dégoûts affreux.
Mais, sa laideur du moins fera son innocence.

Qui

Qui pût t'avoir donné cette folle esperance.
Toute laide qu'elle est , elle aura son galant,
Mais elle achetera ce qu'une belle vend,
Et brûlant en secret d'une impudique flâme,
Entrera tous les jours dans un commerce infame.
Comme elle l'Idiote aura plus d'un amant ,
Mais comme elle a toûjours besoin de truchement ,
D'abord qu'elle entendra prononcer, je vous aime.
La sote te l'ira revéler à toi-même,
Et sans aucun égard recevant tous les vœux ,
Te fera malgré toi le témoin de ses feux :
Il faudra donc choisir une femme sçavante.
Sans doute , & ce beau choix remplira ton attente,
Une telle union ne peut manquer d'appas.
Ta femme à tous propos citera Vaugelas.
Balzac , Maynard, Racan, Theophile , Voiture,
Parlera de beaux Arts , d'Histoire, de Peinture.
Dans la Carte chez toi parcourra l'Univers ,
Jugera sans appel, & de Prose & de Vers,
Sçaura les beaux endroits de trente Tragedies.
Ecrira tous les jours des billets Amphibies ;
Et par ses beaux Ecrits, gâtant son jugement ,
Remplira tous les mois le Mercure Galant.
Anagrames , Rondeaux , Bouts-rimez , & Balades
(Vaines productions de tant d'esprits malades)
Seront sa grande affaire , & son unique emploi.
D'abord les beaux esprits iront fondre chez toi,
Et là sur tous les Arts , sur toutes les Sçiences
On aura tous les jours de doctes Conferences.
Au milieu de ces soins ta sçavante moitié
Ne te regardera que d'un œil de pitié,

Et d'un air Magiſtral plaignant ton ignorance
Quand tu voudras parler t'impoſera ſilence.
Car ſouvent le ſçavoir, par un ſecret poiſon
Au lieu de l'éclaircir, offuſque la raiſon.
Sur tout dans une femme, en qui trop de lecture
Etouffe ce qu'auroit ſuggeré la Nature.
Et loin de la guider, n'apporte pour tout fruit,
Qu'une agreable erreur, dont le charme ſeduit.
Un eſprit qui s'éleve au deſſus de ſa Sphere,
Prend pour des corps réels ce qui n'eſt que chimere,
Et toûjours amoureux de ſon illuſion,
N'enfante que deſordre, & que confuſion.
En cét état pourtant (juge de ton martyre)
Quoi que diſe ta femme, il y faudra ſouſcrire,
Et parce que ſur tout il faudra prononcer
A ta raiſon toûjours il faudra renoncer.
Démentir le bon ſens joint à l'experience,
Pour laiſſer de tous deux triompher ſa ſcience.
Ainſi de tous côtez un mal toûjours certain,
Te défend un eſpoir trop frivole & trop vain.
Bannis de ton eſprit ces flateuſes chimeres,
Profite ſi tu peux des fautes de nos peres.
Et pour te garantir, du malheur qui t'attend,
Peze tous les défauts de ce ſexe inconſtant.
Peut-on à ſa colere oppoſer quelque digue,
S'il ceſſe d'être avare, il eſt bien-tôt prodigue,
Dans le milieu jamais il ne s'eſt arrêté.
Il n'écoute par tout que ſa legereté,
Et court au changement avec tant de vîteſſe,
Qu'en un jour même objet, & l'enchante & le bleſſe,
Apres cela, Damon, épouſe ſi tu veux,
Je laiſſe à deviner le plus foux de nous deux.

SATIRE TROISIE'ME.

QUi ne s'indigneroit, de voir ce Rodomont
Plus fier que s'il étoit du sang de Pharamond,
Vanter incessamment l'éclat de sa Noblesse,
Et sur de grands Ayeuls appuyer sa foiblesse.
Tu crois donc t'enrichir du merite d'autruy
Pauvre fat, & tu sens, qu'il te faut un appuy.
Tu décends (je le veux) d'une illustre origine ;
On l'estime par tout fabuleuse & divine.
Les Princes à ton Sang ont voulu s'allier ;
Veux-tu qu'on s'en souvienne, apprens à l'oublier?
Ou si tu t'en souviens , il faut que ta memoire
Allume dans ton cœur le desir de la gloire.
Veux-tu, par tes Ayeux qu'on te puisse loüer?
Fais que s'ils revivoient ils pûssent t'avoüer.
Mais pendant qu'à l'abry de leur gloire passée,
Toûjours enorgueilli d'une vaine pensée,
Pour répondre à des noms si grands , si glorieux,
L'on ne void rien en toy , qui ne soit odieux.
Si l'on te void toûjours enclin à la vengeance ;
Appuyer les méchans , opprimer l'innocence,
Si tu paroist injuste , avare, faineant,
Seras-tu moins petit sur le dos d'un geant?
D'or, d'yvoire, & d'azur la base est revétuë,
Mais sur elle on ne void qu'une infame statuë,
Et ces grands pieds d'estaux, qui te rendent si vain
Malgré tout ton orgueil, ne soûtiennent qu'un Nain.
Ne te vantes donc plus d'une éclatante source,
Puisqu'à ta honte en toi l'on void finir sa course.

Qu'au lieu de t'apporter mille thresors nouveaux,
Elle paffe chez toi pour y cacher fes eaux,
Et n'ayant arrosé qu'un terroir infertile,
Garde à ton petit fils les vertus d'un Achile.
Pour toi, trop fatisfait d'un fuperbe Ecuffon,
Tu t'applaudis par tout de ton rang, de ton nom,
Sans avoir jamais veu ny fiege ny bataille.
N'importe ton Ayeul êtoit de belle taille.
Mais, fans nous emporter, parlons de bonnefoi.
Ces Ayeuls fi vantez travailloient-ils pour toi ?
Aux dépens de leur fang ils ont cherché la gloire ;
Ils ont de leur valeur fait parler Nôtre Hiftoire,
Qu'a cela de commun avec ta lacheté?
Ecoûte ! Et je confonds icy ta vanité.
Quoi qu'affez ignorant tu connois Alexandre,
Tu fçais de quels ayeuls on le faifoit defcendre.
Fils d'un Roi toûjours craint, d'un Roi côblé d'hôneur;
Rien ne fembloit pouvoir manquer à fon bonheur.
philippe dés-long-temps par force, & par addreffe,
S'étoit fait General des peuples de la Grece,
Et craint chez fes voyfins par cent exploicts guerriers,
Sur fon Fils au berceau jettoit mille Lauriers.
Tant de murs abbatus, & tant de vil es prifes,
De peuples fubjugués, de Provinces conquifes,
D'un avi le heritier rempliffant les fouhaits,
Affeuroient à fon fils, un Royaume, & la paix,
Mais à peine voit-il tout l'éclat de fa vie,
Q'il fent brûler fon cœur d'une fecrette envie.
De tous fes ennemis le pere eft triomphant,
Et fur fa propre gloire on voit pleurer l'enfant.
D'un triomphe nouveau la nouvelle certaine,

R'allume ſon envie, & redouble ſa peine.

Quoi mon pere (dit-il) au nombre des Heros,

Domptant tout l'Univers m'ordonne lé repos,

Son bras du monde entier achevant la conqueſte,

Il ne reſtera plus de lauriers pour ma teſte.

Il en gemit, il pleure, & par de longs ſoûpirs,

Il laiſſe découvrir l'ardeur de ſes deſirs.

Le reſte t'eſt connu. Cet enfant, qui ſoûpire,

De tout cét univers ſe fiſt un vaſte Empire.

Par tout où ſa valeur trouva dẽs Ennemis,

Sa gloïre en fit bien tôt des Eſclaves ſoûmis.

Par tout à ſon nom ſeul la terreur eſt ſemée:

Pour vaincre, il n'a beſoin que de ſa renommée,

De ſon nom, de ſa gloire, il remplit tous les lieux;

Sans emprunter jamais celle de ſes ayeux.

Tu m'entends! Cét exemple a-t'il rien à t'apprendre,

Car tu ne te crois pas plus noble qu'Alexandre,

Et quoy que tes ayeux faſſent tout ton orgueil,

Ils n'emporterent pas, tant de gloire au cercœuil,

Ne te flatte donc plus de l'êclat de ta race,

Ou ſuis de tes Ayeux la glorieuſe trace,

Et foulant un ſentier, qu'ils ont déja battu,

Fai les revivre en toy par ta propre vertu.

Va courant ſur leurs pas renverſer des murailles,

Souſtenir des Aſſauts, & gagner des batailles.

Eſtonne l'Univers par des faits innouïs,

Suivant dans les Combats l'invincible Louis.

Sous cet Auguſte Roy, qui toujours plein de gloire,

A tous les étandarts enchaîne la Victoire.

Sous ce Roy triomphant, dont les vaſtes progrés,

Par cent murs renverſés nous ont donné la paix,

Cours, cours te fignaler; & prodiguant ta vie
Des Siecles avenir va meriter l'envie.
Va fous le grand Condé côbattre aux champs de Mars,
Alors fans demander fi tu forts des Cefars,
Si ton Ayeul mourut au combat de Fournoüe,
Je te vois vertueux, c'eft affez ie te loue,
Et fans voir ta Nobleffe, ou ton obfcurité;
Ta vertu te conduit à l'immortalité.
Que l'or fe foit formé dans le fein de la terre,
Sous un rocher affreux, ou fous un beau parterre,
Change t'il de couleur, ou perd-t'il de fon prix?
De fon éclat trompeur, fommes-nous moins furpri
Et pour eftre venu du pays des Sauvages,
Sçait il moins amollir les plus foibles courages
Je t'en prends à témoing : le precieux metal,
Au repos des humains de tout temps fi fatal,
Jauni dans des deferts, & dans des champs fterile
Charme-t'il pas toujours les peuples & les Villes.
Mais fi quelqu'un trompant le public, & fon Roy,
A cet or precieux allie un faux Aloy.
A peine a-t'il fenti cette main facrilege,
Qu'il perd par un faux coing fon plus beau Privilege,
Et devenu plus vil par ce mélange impur;
D'éclattant qu'il étoit, devient bientôt obfcur.
D'abord pour l'éprouver, on le couppe, on le perce
Il eft honteufement rejetté du commerce.
En t'appliquant fans moy cette belle leçon,
Lâche, te fens-tu preft à fouffrir le poinçon ?
Non : tu crains du burin la plus legere atteinte,
Et la vertu chez toy ne fût jamais emprainte.
Une fauffe couleur nous montre encor ton rang :

Mais au dedans tes mœurs ont corrompu ton sang.
Trop indigne heritier du grand nom de tes peres,
Quand verray-je nos Loix heureusement severes,
Te punir à mes yeux comme un faux seducteur,
Qui sous un si beau nom, cache un lâche imposteur?
Ces Loix, ces justes loix condamnent avec joye,
Les criminels autheurs de la fausse monnoye.
Au milieu de l'opprobre, & des tourmens nouveaux,
Nous les voyons souvent rougir nos échaffauts.
On punit par la mort leur avare imposture,
Ils ont corrompu l'or, tu corromps la nature.
Voy ? Voy ? de ces forfaits le different succés,
Et fais toy dans ton cœur toy même ton procés.
Mais déja trop d'aigreur vient allumer ma bile,
Et je veux prendre un air plus doux & plus tranquille
De ma Muse en courroux adoucissant la voix.
Tu peus, sans redouter la rigueur de nos Loix,
L'été dans un jardin, ou sur une terrasse,
Entouré de flatteurs attaquer une place.
L'hyver auprés du feu battre nos ennemis,
Et rendre l'Espagnol, & l'Allemand soûmis.
Le sçavant General, sans exposer sa tête,
Courant victorieux de conquête en conquête,
On te voit à Mastrich ajoûter Amsterdam,
Emporter Luxembourg, aprés Bruxelles, Gant.
Sinkxeim, Turquem, Scénef, sont de foibles journées
Une pleine Victoire attend tes destinées.
Là le fameux Condé te paroist trop bouillant,
Et Turenne à son tour te semble un peu trop lent.
Tu juge de leur gloire, & tu peux (à t'entendre
En moins d'un mois ou deux nous conquerir la Flan-
dre.

Cet important secret n'est connu que de toy,
tu nen as pas pourtant entretenu le Roy.
Va cours à saint Germain demander recompense,
Tu n'en peux revenir que Maréchal de France.
Tu rougis, & tu voy que ie deviens railleur.
Ouy je ris, si ton sang ne t'a pas fait meilleur:
La Noblesse, qu'on voit sans vertu, sans courage,
N'est qu'un trône inutile, ou qu'un arbre sauvage,
Qui pousse en se levant de grands rameaux en l'air,
Et dont le fruit au goût est toûjours trop amer.
Mais je te laisse enfin & ces leçons severes
Qui veulent t'arracher la Gloi e de tes Peres
Peuvent avec justice exciter ton depit,
C'est assez t'ennuyer, adieu bon soir, j'ay dit.
Enfin encore deux mots, & je vais te confondre,
Ou je me tiens vaincu, si tu peux me respondre.
Parmi ces grands Ayeux, dont tu fais tant de cas,
Quelques uns sont noircis de vingt assassinats.
Nostre histoire rougit des horreurs de leur vie.
C'a responds : en veux-tu partager l'infamie ?
Non ? & ie vois déia que tu vas t'emporter.
De quelle folle erreur te peux-tu donc flatter?
Et par quel nouveau droit as-tu part à leur gloire?
Sans devoir partager l'horreur de leur memoire,
Mais non : de leurs forfaits aucune iuste Loy
Ne peut faire tomber le supplice sur toy.
Sois aussi sans vertu sorti du sang d'Hercule,
Je ne puis voir en toy, qu'un Marquis ridicule,
Qui toûiours plein d'un nom, qu'il croit estre immor-
      tel,
  eut servir de Heros aux farces de l'Hôtel,